LES
CINQ MYSTÈRES
JOYEUX,
CANTIQUES NOUVEAUX,

POUR LE MOIS DE MARIE,

DÉDIÉS A SA GRANDEUR

MONSEIGNEUR DE MARGUERYE,

Évêque d'Autun, Chalon et Mâcon,

Acceptés et approuvés par ce digne Prélat.

PAR UN JEUNE ÉTUDIANT.

Prix : 60 Cent.

CHALON-S.-S.,
IMPRIMERIE MONTALAN.
1860.

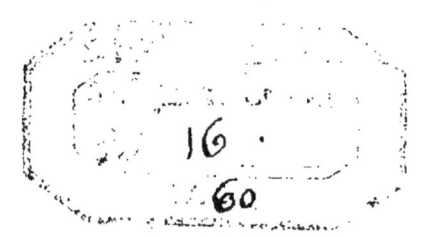

LES

CINQ MYSTÈRES JOYEUX

CANTIQUES NOUVEAUX

POUR LE MOIS DE MARIE.

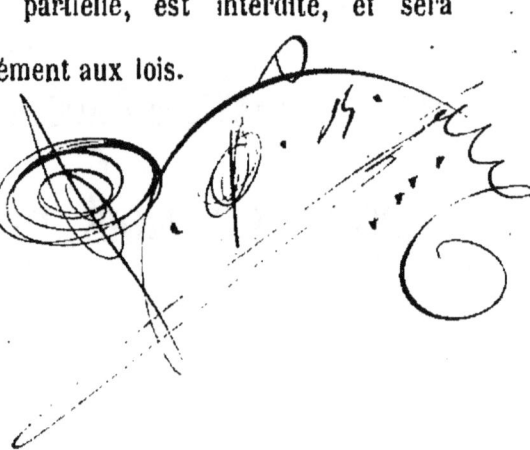

LES
CINQ MYSTÈRES
JOYEUX,
CANTIQUES NOUVEAUX,
POUR LE MOIS DE MARIE,
DÉDIÉS A SA GRANDEUR
MONSEIGNEUR DE MARGUERYE,
Évêque d'Autun, Chalon et Mâcon,
Acceptés et approuvés par ce digne Prélat.

PAR UN JEUNE ÉTUDIANT.

Prix : 60 Cent.

CHALON-S.-S.,
IMPRIMERIE MONTALAN.
1860.

ÉPITRE DÉDICATOIRE

A SA GRANDEUR

MONSEIGNEUR DE MARGUERYE,

Évêque d'Autun, Chalon et Mâcon.

———∿∿∿∿∿———

Auguste et Saint Prélat, vénérable Pasteur,

Qui guidez vos brebis au chemin du bonheur,

Je n'ose qu'en tremblant faire vibrer ma lyre

Et porter jusqu'à vous les chants qu'elle m'inspire.

Je m'arrête, un instant je ralentis mes pas,

Mais près de son pasteur la brebis ne craint pas.

Confiant, Monseigneur, en vos bontés de père,

Devant vous à genoux je me prosterne à terre,

Déposant à vos pieds ces chants respectueux

Pour la gloire et l'honneur de la reine des Cieux.

Observant constamment votre main paternelle

Qui nous guide sans cesse à la vie éternelle,

Et qui nous montre au Ciel la mère du Sauveur

Qui seule est ici bas reine de notre cœur,

J'ai voulu, Saint Prélat, entonner des louanges

Pour celle devant qui se prosternent les Anges ;

J'ai voulu composer quelques joyeux concerts

Pour la mère du Dieu, maître de l'univers,

Et je viens aujourd'hui, Pasteur, ô tendre père,

Courber avec respect mon front qui vous révère,

Vous offrant ces accents que, plein d'un saint amour,

Mon cœur auprès de vous vient redire en ce jour.

Mais, toujours confiant dans votre bienveillance,

Votre fils pour ses vers vous demande indulgence ;

Daignez les accepter et daignez les bénir,

Au nom du Dieu qui seul, seul peut nous soutenir.

L'un de vos enfants le plus respectueux
et soumis,

J.P.B.

Chalon-s.-S. le 4 février 1860.

LES

Cinq Mystères Joyeux,

CANTIQUES NOUVEAUX

POUR LE MOIS DE MARIE.

1.

ANNONCIATION DE L'ANGE A MARIE,

INCARNATION DU FILS,

——◁◇▷——

Venez, venez, troupe fidèle,

Saluer la Reine des Cieux,

Venez entonner auprès d'elle

Vos cantiques toujours joyeux.

Venez saluer notre mère,

Devant qui l'ange Gabriel

Courba son front contre la terre ;

Venez, entourez son Autel.

Refrain

> Accourons remplis d'allégresse
>
> Et disons, disons tous en chœurs :
>
> **Ave Maria !** vous modèle de sagesse
>
> **Ave Maria !** qui réjouissez nos cœurs !

Voyez là haut dans ce nuage,

Sous la sainte voûte d'azur,

De la Vierge l'auguste image,

A l'âme blanche au cœur si pur.

Chrétiens élevez vos louanges

Vers celle que le Dieu d'amour

Créa reine de ses saints anges ;

Venez l'implorer en ce jour.   *Refrain.*

Devant cette puissante Reine,

L'ange du Seigneur, à genoux,

N'osant la regarder qu'à peine

Contemplait son regard si doux.

Mais, tandis qu'il courbe la tête,

Il élève sa sainte voix,

Et, tremblant cet ange s'apprête

A lui parler des saintes lois.   *Refrain.*

« Salut, dit-il, Vierge Marie,

Je suis messager du Seigneur ;

Ne tremblez point, Vierge bénie,

Dieu vous fait mère du Sauveur.

Par vous sera détruit l'empire

Qu'ici-bas a l'Esprit pervers,

Qui gémit, se plaint et soupire,

Dans les ténèbres des Enfers. »   *Refrain.*

A ces mots, la Vierge tremblante

Tourna ses regards vers les Cieux,

Et dit : « Je suis l'humble servante

Du Seigneur roi des bienheureux. »

L'Ange alors sous la sainte voûte

S'éleva, mais avec lenteur,

Et priait, franchissant sa route,

La Vierge mère au chaste cœur.   *Refrain.*

La Vierge restait en prière,

Au Ciel elle élevait les mains,

Et priait notre divin père

De venir sauver les humains.

Bientôt dans son sein vénérable

Elle sentit le doux Jésus,

Son Dieu, son enfant adorable

Qui sut la combler de vertus.   *Refrain.*

Venez donc contempler Marie

De laquelle est né le Sauveur ;

Priez cette mère chérie

Qui vous donnera le bonheur.

Elle conjurera l'orage

Lorsque vous serez en danger ;

Elle armera votre courage,

Elle saura vous protéger.   *Refrain.*

O Vierge sainte, notre mère,

Daignez au Ciel prier pour nous

Votre divin fils notre père ;

Mère nous accourons vers vous.

Vos fils en ce jour vous implorent,

Oh! daignez avoir pitié d'eux.

Mère de ce Dieu qu'ils adorent,

Sur eux veuillez jeter les yeux.   *Refrain.*

Chrétiens, entonnez vos cantiques

Pour louer Marie en ces jours ;

Formez des concerts angéliques

Afin de l'honorer toujours.

Voyez ses bras qui nous attendent ;

Venez répondre à son appel.

Ses yeux de mère vous demandent

Au pied de son trône éternel. *Refrain.*

2.

La visitation de la Sainte Vierge

LA

Sanctification du Précurseur.

Salut, nom de Marie,

Mère du Dieu d'amour ;

Salut, mère chérie

Qui nous bénissez chaque jour.

Salut, ô doux refuge,

Qui calmez nos douleurs

Qui portez au grand juge

Nos cris repentants et nos pleurs.

Refrain {
Courbons devant Marie

Nos fronts respectueux,

Et chantons tons, pendant toute la vie :

Honneur et Gloire à la Reine des Cieux!
}

Salut, bonheur des Anges,

Reine des bienheureux,

Recevez les louanges

Qu'élèvent tous nos cœurs joyeux !

Salut, divine mère,

Objet de notre espoir

Qui dirigez sur terre

Nos pas le matin et le soir.   *Refrain.*

Oh! voyez dans sa gloire,

Cette mère, ô chrétien,

Du Dieu de la victoire,

Notre secours, notre soutien.

A genoux devant elle,

Implorons son secours ;

Avec un cœur fidèle

Venons la prier tous les jours.   *Refrain.*

Montagnes de Judée,

Oh ! réjouissez-vous,

La Vierge immaculée

Sur vous porta ses pas si doux ;

Et dans son sein de mère

Vivait l'enfant Jésus,

Rédempteur de la terre,

L'Agneau modèle des vertus.   *Refrain.*

La divine Marie,

Bien loin de Nazareth,

Chez l'heureux Zacharie,

Vint visiter Elisabeth,

Qui, malgré sa vieillesse,

Suivant du Créateur

La divine promesse,

Concevait le saint Précurseur.   *Refrain.*

Quand la Vierge puissante

Eut élevé sa voix,

Elisabeth tremblante,

Soudain a ressenti trois fois,

Tressaillir d'allégresse,

Dans son sein maternel,

L'Enfant plein de sagesse

Qu'à ses vœux donnait l'Eternel.   *Refrain.*

L'Epouse du Saint Prêtre,

Sentant l'esprit de Dieu,

Notre souverain maître

Remplir son cœur d'un divin feu,

Dit : « O Vierge bénie,

D'où me vient ce bonheur,

De vous voir, ô Marie,

Vous la Mère de mon Seigneur. »   *Refrain.*

Chrétiens, prêtez l'oreille

A ces accents pieux

Que la Vierge immortelle

A ces mots fit entendre aux Cieux ;

Et vous que l'on révère,

O Vierge, écoutez-nous ;

Vos enfants, ô ma mère,

Chantent votre nom tendre et doux :   *Refrain.*

« Glorifie, ô mon âme,

Notre puissant Seigneur ;

Car mon esprit s'enflamme

Et tressaille en mon Dieu Sauveur.

Il a sur sa servante

Du Ciel jeté les yeux,

Et je serai puissante

Durant tous les siècles nombreux. *Refrain.*

« Ses bienfaits d'âge en âge

Se répandent toujours,

Sur le cœur droit et sage

Qui craint son saint nom tous les jours.

Levant son bras de père

Qui nous montre l'écueil,

Dans sa juste colère

Il abaissa le vain orgueil. *Refrain.*

» Du sommet de la gloire

Il renversa les grands,

En donnant la victoire

Aux humbles soumis aux tyrans.

Il combla de richesse

Ceux qui versaient des pleurs,

Et sa sainte sagesse

A l'orgueil donna les douleurs ! *Refrain.*

Dans sa toute puissance,

Il étendit son bras

Toujours plein de clémence

Sur Israël guidant ses pas,

Selon ce qu'à nos pères

Il promit pour toujours,

Exauçant leurs prières,

Leur donnant son divin secours. »   *Refrain.*

A cette voix chérie,

Chrétiens chantez en chœur

Gloire, amour à Marie,

La Vierge, mère du Sauveur.

Et cette mère sainte

Oui daignera sur nous

Jeter dans cette enceinte

Ses regards et nous bénir tous.   *Refrain.*

Vierge, Reine des Anges,

Ecoutez vos enfants

Qui font de vos louanges

Retentir les joyeux accents.

Exaucez leur prière;

Venez au milieu d'eux,

Venez régner en mère;

De vous bénir ils sont heureux.   *Refrain.*

3.

NAISSANCE
DE NOTRE SEIGNEUR JÉSUS-CHRIST,
ADORATION DES MAGES.

———— ❖ ————

Refrain. {
Triomphez, ô Vierge Puissante,

Notre refuge et notre espoir.

Oh! triomphez, âme innocente,

Que nous prions matin et soir!
}

Réjouissez-vous, ô Marie,

D'avoir enfanté le Sauveur,

Qui nous rendit tous à la vie,

Et nous prépara le bonheur.   *Refrain.*

Venez voir l'enfant adorable,

Que la Vierge tient dans ses bras;

Chrétiens, il naît dans une étable,

A Bétléem portez vos pas. *Refrain.*

Ce Dieu du Ciel et de la terre

Délaisse les honneurs des rois,

Et les douleurs et la misère

Font élever sa sainte voix. *Refrain.*

Mais c'est pour racheter nos âmes

Que Jésus descend parmi nous

Il vient nous préserver des flammes

Où l'erreur nous conduisait tous ! *Refrain.*

Venez, chrétiens, pleins de sagesse

Bénir la mère du Sauveur,

Qui, tous les jours avec tendresse,

Pour nous implore le Seigneur. *Refrain.*

Vierge, soyez toujours joyeuse,

D'avoir vu le divin Jésus

Adoré de la troupe heureuse
Que bénit le Dieu de vertus. *Refrain.*

Chrétiens, avertis par un ange
Les bergers quittèrent leur champ ;
Chantant du Sauveur la louange
Ils vinrent près du Dieu naissant. *Refrain.*

Réjouissez-vous, sainte mère,
D'avoir vu près du roi des Cieux
Des rois, se prosternant à terre,
Courber leurs fronts respectueux. *Refrain.*

Chrétiens, guidés par une étoile,
Les Mages, tandis qu'ici bas
Tout dormait sous un sombre voile,
Vers Jésus portèrent leurs pas. *Refrain.*

Devant cet enfant adorable,
Chacun d'eux ouvrit un trésor ;

Et tous, à genoux dans l'étable,

A Jésus offrirent de l'or.   *Refrain.*

L'Encens, sur une flamme ardente,

Répandit sa suave odeur,

Pendant que la myrrhe odorante

Brûlait devant le Dieu Sauveur.   *Refrain.*

Réjouissez-vous, sainte reine,

D'avoir enfanté notre Dieu

Qui vint pour rompre cette chaine

Qui conduit à l'éternel feu.   *Refrain.*

Devant vous le serpent perfide,

Tremblant s'enfuit plein de terreur.

Venez, et soyez notre guide

Pour vaincre cet esprit trompeur.   *Refrain.*

Portez auprès de notre père,

Mère que nous vénérons tous,

L'encens de cette humble prière

Que nous vous faisons à genoux.   *Refrain.*

Reine de la sainte demeure,

Souveraine des Bienheureux,

Daignez nous bénir à toute heure,

Et guider nos pas vers les Cieux.   *Refrain.*

4.

PRÉSENTATION DE JÉSUS

AU TEMPLE,

PURIFICATION DE LA VIERGE MARIE.

Refrain.

Chrétiens, chantez gloire à Marie

Qui dans ses bras porta Jésus ;

Chantez cette mère bénie

Au cœur enrichi de vertus.

Dans le séjour de l'éternelle gloire

Oh ! triomphez, reine des bienheureux ;

Les anges saints dans leurs concerts joyeux

Sur le démon chantent votre victoire,

Et, vous louant, ô mère du Seigneur,

Auprès de vous ils trouvent le bonheur. *Refrain.*

Mon cœur vous voit, Vierge, monter au temple,

Portant Jésus dans vos très saintes mains,

Pour obéir au maître des humains,

Ce Dieu puissant qui du Ciel vous contemple.

Oh! gloire à vous mère du Dieu d'amour,

Oh! gloire à vous, gloire à vous chaque jour ! *Refrain*.

Temple sacré du Dieu plein de tendresse,

Seul le Seigneur fait la gloire des Cieux,

Où l'on entend des chœurs harmonieux ,

Mais ils n'ont pas ta divine allégresse,

Tressaille donc, tu reçois aujourd'hui

Le Dieu Sauveur et sa mère avec lui ! *Refrain*.

C'est dans ce temple, ô Vierge, sainte mère,

Que vous allez présenter au Seigneur

L'Enfant Jésus notre Dieu Rédempteur,

Pour obéir aux lois du divin père.

Oh! gloire à vous mère du Dieu Puissant,

Qui vient à nous se faisant votre enfant !   *Refrain.*

Où portez-vous ces blanches tourterelles

Qui dans vos mains se reposent en paix ?...

Ah! vous voulez nous apprendre à jamais

Fidélités pour les lois immortelles ;

Vous les portez sur le très saint Autel,

Oh! gloire à vous mère de l'Eternel !   *Refrain.*

Ah! pourquoi donc, pourquoi monter au temple,

Vous êtes pure aux yeux de notre Dieu

Et votre cœur brûle d'un divin feu ;

Mais des vertus vous nous donnez l'exemple.

Oh! sainte mère, honneur et gloire à vous,

L'archange saint vous contemple à genoux !   *Refrain.*

Oh! tressaillez, votre regard si tendre

Vit, bonne mère, un vieillard vertueux

Entre ses bras tenir l'enfant des Cieux,

Le Dieu qui vint à la gloire nous rendre.

Honneur à vous dans l'éternel séjour,

Séjour joyeux de la céleste cour ! *Refrain.*

Salut, Marie, ô notre auguste mère,

Du haut du Ciel bénissez vos enfants,

Jetez sur eux vos regards bienfaisants.

Salut, salut, mère de notre père,

Notre soutien, la reine de nos cœurs,

Nous vous aimons, nous le disons en chœurs. *Ref.*

Jusqu'à la mort nous vous serons fidèles,

Et jusqu'au Ciel on entendra nos voix

Qui vous loueront, mère du roi des rois.

Soutenez-nous de vos mains maternelles

Quand vous verrez approcher notre mort ;

Oh! guidez-nous, nous vous suivrons au port ! *Ref.*

5.

MARIE RETROUVE JÉSUS DANS LE TEMPLE

Sainte mère, Vierge Marie,

Daignez écouter les accents

Que vous offrent, Vierge bénie,

Ici bas vos humbles enfants.

A jamais, ô divine mère,

Nous chanterons votre grandeur ;

Gloire au Ciel, gloire sur la terre

A la mère du Dieu Sauveur.

} *bis.*

Aux lois saintes toujours fidèle,

Vous allez, Jésus avec vous,

Célébrer la Pâque nouvelle

Au temple du Dieu tendre et doux :

Et Joseph que chacun révère

Vous accompagne avec bonheur ;

Gloire au Ciel, gloire sur la terre

A la mère du Dieu Sauveur.

$\left.\right\}$ *bis.*

Hélas! hélas! Mère chérie,

Vous laissez à Jérusalem

L'Enfant Jésus le Dieu de vie,

Le Dieu Sauveur de Bétléem.

Mais séchez cette larme amère

Que vous versez avec douleur.

Gloire au Ciel, gloire sur la terre

A la mère du Dieu Sauveur.

$\left.\right\}$ *bis.*

Vierge, tressaillez d'allégresse

De retrouver dans le saint lieu

Ce doux Jésus plein de tendresse,

Notre divin roi, notre Dieu.

Son langage est calme et sévère

Et semble étonner le docteur.

Gloire au Ciel, gloire sur la terre

A la mère du Dieu Sauveur.

$\left.\right\}$ *bis.*

Le peuple en l'entendant l'admire

Et prend plaisir à ses discours ;

Et chacun des docteurs s'inspire

En l'écoutant depuis trois jours.

Mais à votre voix, Sainte mère,

Il vient à vous ce doux Seigneur

Gloire au Ciel, gloire sur la terre

A la mère du Dieu Sauveur.

} bis.

Bonne mère, Vierge immortelle,

Oh! faites retrouver Jésus

A ceux qu'une voix criminelle

Détourne des saintes vertus.

Veuillez pour notre heure dernière

Préparer toujours notre cœur.

Gloire au Ciel, gloire sur la terre

A la mère du Dieu Sauveur.

} bis.

AVANT LA BÉNÉDICTION.

Vierge, qui dans les Cieux contemplez notre père,

Daignez sur vos enfants

Jeter, ô bonne mère,

Vos regards bienfaisants.   (*bis.*)

Devant vous à genoux nous chantons vos louanges,

Remplissant l'univers,

Nous unissant aux anges,

De nos joyeux concerts.   (*bis.*)

Implorez le Sauveur, ce Dieu plein de tendresse,

Mère de l'Eternel,

De nous bénir sans cesse

Au pied du Saint Autel.   (*bis.*)

Chrétiens, cessez vos chants ; chrétiens, courbez la tête,

Car à nous bénir tous

La main de Dieu s'apprête.

O Chrétiens, à genoux !   (*bis.*)

APRÈS LA BÉNÉDICTION.

Refrain.
Amen ! Amen ! Gloire au divin Seigneur !
Amen ! Amen ! Gloire au Dieu de la vie !
Gloire à Jésus notre Dieu Rédempteur,
Ce Dieu fait chair dans le sein de Marie !

Lève la tête, ô fidèle chrétien,
Et vois l'encens s'élever vers ton père,
De tous nos cœurs c'est l'unique soutien,
Vers lui, chrétien, élève ta prière. *Refrain.*

Reine des Cieux, reine du saint séjour,
Daignez porter notre prière ardente
Au doux Jésus, pour nous rempli d'amour ;
Exaucez-nous, Vierge à jamais puissante ! *Ref.*

TABLE.

OUVRAGE DU MÊME AUTEUR

Exercices pour la retraite et le jour de la première Communion. Cantiques pour chacun de ces jours, précédés de prières pour la préparation à la retraite, et suivis de diverses prières suivant les différentes circonstances dans lesquelles peut se trouver un chrétien pendant la journée.

Ouvrage approuvé par Mgr de Marguerye.

Prix y compris airs nouveaux notés.   80 cent.